네가 보고 싶어 눈송이처럼 나는 울었다

양광모 사랑시 선집

네가 보고 싶어
눈송이처럼 나는 울었다

푸른길

시인의 말

영원도 짧더라

늘 서둘 것이나 늘 서툴 것이기에
꽃과 번개, 단풍과 첫눈의 연서를 옮겨 적느니

햇살과 별빛으로
폭우와 폭설로

생의 마지막 날까지
그치지 마라

세상의 모든 목숨 지는 날까지
목숨 걸고 지지 마라

차례

I.   너의 꽃말은 나의 운명

II. 보고 싶은 사람 하나 생겼습니다

III.   사랑은 만 개의 얼굴로 온다

IV. 내 사랑은 가끔 목 놓아 운다

V. 운명 같은 사랑 그리운 날엔

I.

너의 꽃말은 나의 운명

봄비

심장에 맞지 않아도
사랑에 빠져 버리는
천만 개의 화살

그대
피하지 못하리

너의 꽃말

진달래는 불타는 사랑
벚꽃은 흩날리는 이별
목련은 순결한 그리움

작은 꽃 한 송이
너는 나의 운명

진달래처럼 사랑하다
벚꽃처럼 이별해도
목련처럼 그리워할
너의 꽃말은
나의 운명

너를 처음 만나던 날

내가 살아온
모든 봄날의
모든 꽃잎

내가 살아온
모든 여름날의
모든 빗방울

내가 살아온
모든 가을날의
모든 낙엽

내가 살아온
모든 겨울날의
모든 눈송이

너를 처음 만나던 날
일제히 쏟아져 내렸네
물론 꿈만 같았지

너에게 가는 길

너를
처음 만난 후

내 가슴에
낯선 길 하나 생겼다

다시는
돌아오지 못할 것 같다

나의 종교

하늘에는
신

땅에는
당신

애평선愛平線

땅과 하늘이 만나
지평선을 만들고

물과 하늘이 만나
수평선을 만들고

나의 그리움과 너의 그리움이 만나
애평선을 만든다

흐린 날
더 멀리 보인다

꽃보라

사랑에 빠지면
가슴에 꽃비 흩날린다
말하지 말아요

그대를 만난 후
내 가슴에는
꽃보라 휘몰아칩니다

새꽃별

새꽃별
새로 핀 꽃처럼 아름다운 별

꽃별새
꽃의 향기와 별의 눈망울을 지닌 새

당신과 나의 가슴에만 있는 말
당신과 나의 사랑에만 있는 말

당신은 나의 새꽃별
당신은 나의 꽃별새

사랑은

사람은
하루에 오만 가지 생각을 하지만

사랑은
하루에 단 한 사람만을 생각하는 것

그렇지! 사랑이란
단 한 사람에 대해 오만 가지 생각을 하는 것

사랑해

아침에는 이슬을 모아쓰고
낮에는 햇살을 모아쓰고
저녁에는 노을을 모아쓰고
밤에는 별빛을 모아쓰네

봄에는 꽃잎을 모아쓰고
여름에는 빗방울을 모아쓰고
가을에는 단풍을 모아쓰고
겨울에는 눈송이를 모아쓰네

그대 눈으로는 읽지 못하리
내가 쓰는 불과 심장의 언어

사랑

맑은 날에는
잠시 잊혀지더라도

흐린 날에는
가장 소중한 우산처럼

눈을 기다리는 어린 짐승처럼

당신은 꼭 겨울눈만 같아

온 세상 은빛으로 덮어버리듯

내 마음 장미빛으로 덮어버리니

오늘처럼 눈발 쏟아져 내리면

내 가슴에도 붉은 꽃 터져 올라

나는 희고 맑은 생각에

오래도록 가만히 멈춰 서서

그치지 말아라 그치지 말아라

아주 가는 목소리로 속삭이면

어쩐지 더 굵어지는 눈송이 속에

어쩐지 더 굵어지는 사랑이 있습니다

나는 꼭 겨울눈을 기다리는 어린 짐승만 같습니다

너의 이름

이 세상이
지옥은 아니라는 증거

이 세상은
천국일지도 모른다는 희망

이 세상에
혼자 살아가는 것은 아니라는 기쁨

이 세상을
조금 더 아름답게 만들어야겠다는 신념

이 세상과
살아 있는 모든 생명을 위한 신의 마지막 기도

너의 이름은
사랑

사랑의 힘

사랑은 때론
외로움을 가져다줍니다

사랑은 때론
아픔을 안겨주고

사랑은 때론
상처를 남겨주지만

그대여, 사랑이 부르거든
그의 손을 뿌리치지 마세요

사랑은 언제나
이 모든 것을 이겨낼 수 있는 힘을 주니까

사랑이 아프게 할 때

사랑하는 일
암초처럼 느껴질 때

그대 한 걸음만
더 옆으로 다가서라

두 개의 암초가 모여
하나의 바위섬이 된다

함께 눈물이 되는 이여

낮은 곳에선
모두 하나가 된다

빗방울이 빗물이 되듯
강물이 바다가 되듯

나의 마음자리
가장 낮은 곳까지 흘러와
함께 눈물이 되는 이여

세상에서 가장 높은 곳으로 올라가
우리 함께 샘물 같은 사랑이 되자

당신은 누구신가

당신은 누구신가
피아노의 선율로 내 가슴을 두드리는 이
백만 송이 장미의 향기로 내 영혼을 적시는 이
푸른 번개의 불꽃으로 내 심장을 타오르게 만드는 이
눈앞에 있어도 멀리 있고 멀리 있어도 눈앞에 있는 이
당신과 함께라면 죽음도 두렵지 않아, 고백하게 만드는 이

당신은 누구신가
밤바다 가슴에 찾아가 시를 적어놓고 싶은 이
천만 송이 백합으로 잠자리를 수놓고 싶은 이
붉은 노을보다 진한 그리움으로 눈빛을 물들이고 싶은 이
내 심장 속에 있어도 멀리 있고 멀리 있어도 내 심장 속에 있는 이
당신과 함께라면 지옥도 두렵지 않아, 고백 받고 싶은 이

태초부터 나와 함께 있었고
영원까지 우리 함께 사랑할
당신은 누구신가

바다로 흐르는 강

"바다와 강, 둘중에 무엇을 더 좋아하나요?"

당신이 내게 묻는다면 나는 이리 말하겠어요

"호수가 더 좋습니다. 강은 흘러가버리고 바다는 밀려왔다 밀려가지만 호수는 늘 한자리에 머무니까요"

당신이 웃으며 다시 물으면 나는 이리 말하겠어요

"당신이 더 좋습니다. 강은 작은 추위에 얼어버리고 바다는 큰 추위에 얼어버리지만, 당신은 언제나 따뜻할 테니까요"

당신이 나무라듯 화내며 물으면 나는 웃으며 이리 말하겠어요

"누군가를 사랑한다면 호수가, 누군가를 이별한다면 강물이, 누군가를 그리워한다면 바다가 더 좋을 겁니다. 그렇지만 지금은 당신이 더 좋습니다. 당신의 눈에는 호수가, 당신의 가슴에는 바다가, 당신의 숨결에는 강물이 담겨져 있으니까요"

당신이 한숨을 내쉬며 마지막으로 물으면 나는 진실한 마음으로 이리 말하겠어요

"바다를 좋아합니다. 당신이라는 바다로 흘러들어가 그 바다와 한 몸이 되고 싶은 나는 강물이니까요"

나의 바다여
오늘도 나는 당신을 향해 흘러갑니다

II.

보고 싶은 사람 하나 생겼습니다

6월 장미에게 묻는다

다시 사랑에
빠질 수 있을까

붉은 열망과
푸른 상처를
만지작만지작거리며
6월 장미에게 묻는다

누군가를 다시
사랑할 수 있겠니

누군가를 다시
그리워할 수 있겠니

누군가의 가시에 콕 찔려
다시 소스라치게 놀랄 수 있겠니

장미꽃을 건네는 법

죽을 만큼 사랑하는
사람에게 바치는
장미꽃이라 해도
가시를 모두 떼어내고
꽃만 건네줄 수는 없다는 것쯤

그러므로 사랑하는 사람에게
장미꽃을 건넬 때는
가시에 찔리지 않도록
잘 감싸서 주어야 한다는 것쯤

영원한 사랑을
맹세하며 바치는
장미꽃이라 해도
언젠가는 그 꽃과 향기
시들기 마련이라는 것쯤

그러므로 사랑하는 사람에게
장미꽃을 건넬 때는

그 꽃과 향기 사라지기 전에
흠뻑 사랑에 취해야 한다는 것쯤

불처럼 사랑하는
사람에게 바치는
장미꽃이라 해도
붉은 장미와 흰 장미를
반씩 섞어야 한다는 것쯤

그러므로 그 사랑
뜨거운 열정만이 아니라
순백의 순결로도
함께 불타오르기를
소망해야 한다는 것쯤

사랑하는 사람에게
장미꽃을 건네받을 때는
오직 한 가지, 그 뺨
장미꽃보다 붉어져야 한다는 것쯤

바다의 교향시

해라는 놈, 사랑 좀 할 줄 알더군
붉은 노을 연가 하늘에 적어놓더니
슬쩍 바다의 품으로 안겨들잖아

바다라는 놈, 이별 좀 할 줄 알더군
발그레 상기한 얼굴 말갛게 씻겨
훌쩍 해 허공으로 떠나보내잖아

섬이라는 놈, 외로움 좀 즐길 줄 알더군
한번쯤 뭍으로 찾아갈 법도 한데
낮이나 밤이나 제자리 꿈쩍 안 하잖아

사랑에 지치면 바다가 되자
이별에 지치면 섬이 되자
외로움에 지치면 해가 되자

오늘도 떠나가는 뱃꼬리 맴돌며
날아갈까 앉을까 끼룩끼룩 울어대는
갈매기라는 놈, 그리움 좀 즐길 줄 알더군

결국엔 만날 사람

내 가슴에
한번은 만날 사람 있어요

내 가슴에
결국엔 만날 사람 있어요

그를 만나
영원보다 길게
태양보다 뜨겁게
운명보다 더 운명적으로
사랑 나눠야 할 사람 있어요

만약 그가 끝내
만나지 못할 사람이라 해도

내 가슴에
결국엔 만나야 할 사람 있어요

겨울이 길다고

어찌 봄이 오지 않을 것이라

믿을 수 있겠어요

내 가슴에

한번은 꼭 만나야 할 사람 있어요

보고 싶은 사람 하나 생겼습니다

아침에 눈을 뜨면
문득 얼굴 떠오르는 사람
하나 생겼습니다
커피를 마실 때
앞에 앉아 있었으면 싶은 사람
하나 생겼습니다
아름다운 풍경을 보면
사진을 찍어 보내주고 싶은 사람
하나 생겼습니다
기쁜 일이 생겼을 때
가장 먼저 알려주고 싶은 사람
하나 생겼습니다

누군가 자신의 전화를 애타게
기다리는 줄 모르는 사람도
하나 생겼습니다
누군가 자신의 옆에 늘 함께
있고 싶어 하는 줄 모르는 사람도
하나 생겼습니다

누군가 자신의 영혼을 뜨겁게

사랑하는 줄 모르는 사람도

하나 생겼습니다

그런데도 그를 사랑하는 사람

하나 생겼습니다

그런데도 그를 향해 멈추지 않는 사랑

하나 생겼습니다

그런데도 그만 생각하면 행복한 사람

하나 생겼습니다.

어떤 사랑은 그냥

어떤 사랑은 그래서

어떤 사랑은 그런데도 사랑입니다

그런데도 사랑하는 사람

하나 생겼습니다

가장 아름다운 사람

세상에서 가장 아름다운 꽃은
당신의 얼굴입니다

세상에서 가장 눈부신 태양은
당신의 미소입니다

세상에서 가장 빛나는 별은
당신의 눈입니다

세상에서 가장 즐거운 노래는
당신의 콧노래입니다

세상에서 가장 붉은 노을은
당신의 뺨입니다

세상에서 가장 풋풋한 과일은
당신의 입술입니다

세상에서 가장 날씬한 사슴은
당신의 목입니다

세상에서 가장 편안한 나무는
당신의 어깨입니다

세상에서 가장 풍요로운 들녘은
당신의 가슴입니다

세상에서 가장 부드러운 바람은
당신의 손길입니다

세상에서 가장 멋진 춤은
당신의 발걸음입니다

세상에서 가장 설레는 약속은
당신과의 만남입니다

세상에서 가장 듣고 싶은 소리는
당신의 숨소리입니다

세상에서 가장 갖고 싶은 보석은
당신의 마음입니다

세상에서 가장 사랑스러운 사람은
세상과도 바꿀 수 없는 당신입니다

섬이 바다를 사랑하여

섬이
바다 밑에서 불쑥 솟아올랐다거나
바다 아래로 서서히 가라앉았다는
말 믿을 수 없지

한번쯤 사랑에 빠져본
사람이라면 누구라도 알 수 있어

저 아득한 공중에서
섬이 온몸으로
바다를 향해 뛰어들었다는 것쯤

저기 바다가 섬을 어루만지는 것
좀 봐

내가 사랑을 비처럼 해야 한다면

내가 사랑을 비처럼 해야 한다면
한여름 폭우 되어 너를 만나리
번쩍번쩍 손길에 번개 이끌고
우르릉우르릉 발길에 심장 울리며
그치지 않는 장마 되어 너를 찾으리
밤이고 낮이고 쉬임 없어서
잠깐은 멈췄으면 싶어도 질 때까지

사랑이란
가슴을 적시는 게 아니라
가슴이 잠겨버리는 것이다

사랑이란 또 한가슴
잠겨버리게 만들어야 하는 것이다

사량도

사랑으로도
삶이 뜨거워지지 않을 때

한 걸음만 더 나가보자며

섬 하나
남해로 뛰어들었다

사랑해

바다에
섬이 많아
다도해라고 부릅니다

내 안에
당신 생각이 많아
사랑해라고 부릅니다

오늘도
섬 몇 개
불쑥 솟아올랐습니다

이대로
뭍이 되어 죽어도
나는 죽어도 좋겠습니다

너를 사랑하여

벚꽃 한 잎
땅에 떨어지는 동안

사랑한다
일만 번 고백을 한다

낮을 사랑한 달과 같이

보름달을 바라보며
그립다 애태운다면
그의 사랑은 거짓이다

나
낮에 뜨는 달과 같이
사랑해 보았네

밤도 차마 막지를 못 하였지

나의 그리움은 밤보다 깊어

그대를 생각하기엔
하루가 짧고

그대를 사랑하기엔
일생이 짧다

어둠이 내려앉기 전
새벽 밝아오니

그대를 향한 그리움
밤보다 깊다

너를 사랑한다는 것

먼 바다 갯벌을
걸어 돌아오는 사람 같았다

그의 등에 업힌
저녁노을 같았다

가끔 흔들렸지만
늘 붉었다

내 안에 머무는 그대

당신을 만나기 전에는
아침이 밝아왔는데
당신을 만난 후로는
사랑이 밝아옵니다

당신을 만나기 전에는
어둠이 밀려왔는데
당신을 만난 후로는
사랑이 밀려옵니다

아침부터 밤까지
내 안에 머무는 그대
당신을 만난 후로는
사랑 안에 내가 머뭅니다

당신이 보고 싶어 아침이 옵니다

당신이 보고 싶어
아침이 옵니다

밤을 지나
어둠을 헤치고
낮을 지나
빛조차 뿌리치고

당신이 보고 싶어
저녁이 옵니다

장밋빛 노을에 물든
태양처럼
따뜻한 어둠에 잠긴
별처럼

당신이 보고 싶어
잠에 듭니다

그리움이란

그리움이란
7월 연꽃잎에 고이는
빗방울 같은 것

사랑할 땐 비워내도
다시 차오르지만

이별 후엔 차오르면
다시 비워내네

내 가슴속 연꽃잎
오늘도 파르르 빗방울 떨구는데

네가 떠난 후
여름비는 멈추질 않네

비가 오는 날에는

살며시 두 손으로 감싸 안고
부드러운 입맞춤 건넬 제
내 몸속 깊은 곳까지 흘러들어와
아득한 향기로 나를 적시는
저 검붉은 커피 같은 사랑
딱 한 잔만 마시었으면
비가 오는 날에는

바람이 꽃에게 전하는 말

두려워 마
검은 밤이 찾아와도
언제나 네 곁에 머물게

걱정하지 마
빗물에 젖어도
내가 너의 몸을 말려줄게

슬퍼하지 마
언젠가 네가 지는 날
내 품에 안고 먼 곳으로 날아갈게

오직 기억해
잠시 흔들리는 게 아니라
영원한 사랑의 춤을 함께 추는 거야

안개꽃

사랑이란
꽃 아니면 안개

맑고 깨끗한 사랑에도
회색 안개 짙게 깔리는 순간 찾아오리니

사랑하는 이여
그날에는 안개꽃 한 다발 안고 내게로 오라

그 꽃말 사랑의 성공이니
우리의 사랑 안개 속에서도 꽃처럼 피어나리라

치자꽃

한없는 즐거움이란
꽃말을 지닌 꽃이 있다 치자

그 향기 맡으면
마음의 상처 아무는 꽃 있다 치자

그 꽃
생각만으로도 행복하다 치자

나의 여인
너를 닮았다 치자

푸른 장미

이천 년 동안 신이 허락하지 않은 색
끝내 인간의 힘으로 피어났으니

내게 붉은 이별을 말하지 말라
나 푸른 사랑만을 이야기하려네

그대 나의 푸른 장미여

너는 이룰 수 없는 사랑이라 말하지만
나는 포기할 수 없는 사랑이라 말한다

능소화

행복하게,
잘 살고 있는 거지?

어찌 저 꽃은 손나팔까지 불며
내 할 말을 제가 묻고 있는가!

능소화 활짝 필 때
훌쩍 져버린 사랑 하나 있었다

능소화 훌쩍 질 때
활짝 피어나는 그리움 하나 있다

나는 참 떨리는 사랑을

그대를 만난 후
내 가슴 깊은 곳에서
커다란 바윗돌 쿵쿵
떨어지는 소리
누군가 첨벙첨벙
물 위를 걸어오는 소리
문득문득 들려오기에
이것이 사랑인가 이것이 사랑이라면
나는 참 떨리는 사랑을 하고 있구나
생각할 때에 그대는 다시 더욱 커다란 바위가 되어

천년의 별빛

너의 사랑은
해가 뜨지 않는 날에도 찾아오는 아침이요
나의 사랑은
달이 뜨지 않는 날에도 찾아오는 밤이다

너의 사랑은
비 오는 날에도 피어나는 꽃이요
나의 사랑은
눈 내리는 날에도 흘러가는 강물이다

너의 사랑은
수평선 너머 수평선
나의 사랑은
지평선 너머 지평선

영원한 사랑은 없다는 말은

그릇된 것이네

너의 사랑은

어둠 속에서도 떠오르는 달이요

나의 사랑은

달조차 없는 밤에도 천년을 달려가는 별빛이다

Ⅲ.
사랑은 만 개의 얼굴로 온다

한 번만 더

한 번만
더 가슴 뛰어라
한 번만
더 설레고
한 번만
더 숨 막혀라

한 번만
더 입술 데고
한 번만
더 가슴 타고
한 번만
더 손끝 떨려라

아침이면
그리움으로 깨어나고
밤이면
그리움으로 잠 못 들어라

불러도

다시 부르고 싶고

말해도

다시 말하고 싶고

들어도

다시 듣고 싶어라

그리하여

꽃같이 피어나고

불같이 타오르고

새처럼 날아올라라

그리하여

한 번만 더

온몸으로 사랑하여라

살아서 좋은 것은 사랑뿐이었나니

사랑아 내 부르거든

사랑아 내 부르거든
너 바람같이 달려오거라

천 리 길
가시덤불
산과 바다
뛰어넘어

사랑아 내 찾거든
너 벼락같이 날아오거라

천당길
지옥길
여름과 겨울
뛰어넘어

사랑아 내 목 놓아 울거든
너 벼르던 운명처럼 다가오거라

막무가내가 莫無可奈歌

운명쯤이야 아랑곳없어라
벽쯤이야 상관도 없어라

오직 한 사람만을 생각하며
오직 전속력으로만 달려가니

도무지 너도 어찌할 수 없고
도무지 나도 어찌할 수 없는

참 대책 없는 막무가내 사랑
한 번만 빠져 보았으면

붉은 안개

영원히 벗어날 수 없다 하여도
한 치 앞을 바라볼 수 없다 하여도
기꺼이 그 속에 갇혀 생을 마치려니
짙은 입맞춤으로 겹겹이 나를 감싸 안아다오
사랑이여, 붉은 안개여

사랑이다

만약 어떤 젊은이가
인생을 어떻게 살아야 하는가 묻는다면
사랑이다 사랑하는 것이다

아니, 인생을 어떻게 살아야 잘 사는 건가 묻는다면
사랑이다 사랑하는 것이다

아니, 아니, 인생이 도대체 무엇인가 묻는다면
사랑이다 사랑하는 것이다

유혹의 노래

도도한 여인아
어디 한 번 나와 사랑에 빠져보련

나의 눈은 마법의 불과 같으니
곁눈질만으로도 네 눈에 불꽃 번져 오르고
나의 손은 하늘의 번개 같으니
그 손가락 뺨을 스치면
너의 몸은 끝없이 전율에 떨어야 하리라

나의 입술은 그 어떤 포도주보다 달콤하나니
찰나의 입맞춤이라도 나누게 된다면
너의 입술 영원히 떼지 못하고
나의 품은 양털로 만들어진 침대보다 포근하나니
너의 머리 한 번이라도 기대는 날에는
천년 동안 깊은 잠에서 깨어나지 못하리라

그렇지만 무엇보다 조심하거라

나의 목소리는 천상의 연주보다 웅장하고 감미로우니

잠시라도 나와 이야기를 나누게 된다면

너는 열병과 환청에 사로잡혀

애타는 불면의 밤을 지새워야 하리라

도도한 여인아

어디 한 번 나와 사랑에 빠져보련

불처럼 뜨거운

불멸의 사랑을 꿈꾸는 여인아

불멸의 여인

그대는 누구인가

노트르담의 종지기처럼
나의 몸이 추한 얼굴과 굽은 등을 지녔다 해도
주저 없이 나를 사랑하여 자신의 눈에 담을 자 누구인가

태양의 화가처럼
나의 시가 사람들의 발 아래로 업신여겨진다 해도
변함없이 나를 위해 십자가와 제단을 세울 자 누구인가

주검 위를 맴도는 검은 까마귀처럼
나의 영혼이 우수와 절망에 사로잡혀 벗어나지 못한다 해도
슬픔 없이 푸른 하늘처럼 나를 떠나지 않을 자 누구인가

나의 얼굴이 아니라 나의 시를
나의 시가 아니라 나의 영혼을
나의 영혼이 아니라 내 영혼의 그림자를
겨울새벽 별빛을 품은 호수처럼 뜨겁게 사랑할 자 누구인가

그대의 눈빛을 바라보는 것만으로도

내게 천상의 시가 들리고

그대의 목소리를 듣는 것만으로도

내게 천상의 노래가 울려 퍼지며

그대의 손길에 스치는 것만으로도

나를 천상의 춤으로 이끄는

나의 에스메랄다 나의 상드 나의 베아트리체

어린 소녀의 순결함과

집시 여인의 정열로

내 영혼의 은신처가 되어 주고

내 영혼의 구원을 위해 함께 불길 속으로 뛰어들

시의 수호자여 영원한 불멸의 꽃이여 심약한 시인을 지키는

용맹스런 전사여

그대는 누구인가

나의 살아 숨 쉬는 가장 아름답고 찬란한 시여

사랑은 만 개의 얼굴로 온다

사랑은
만 개의 얼굴로 온다

아침에서 밤까지
하늘에서 바다까지
꽃에서 달까지
사랑은 만 개의 얼굴로 온다

그리하여 그대의 사랑이 꿈 같을 때
그리하여 그대의 사랑이 기적 같을 때
사랑은 다시 만 개의 심장으로 온다

터져라 심장이여!
죽음도 두렵지 않으니
사랑은 천만 개의 불꽃으로 온다

사랑이 다시

4월의 눈처럼
12월의 장미처럼

여름날의 꿈처럼
가을날의 동화처럼

거짓말처럼 거짓말처럼
다시 사랑이 찾아왔어요

가장 뜨겁진 않지만
가장 따뜻한 사랑

가장 빛나진 않지만
가장 은은한 사랑

가장 설레진 않지만
가장 편안한 사랑

가장 멋지진 않지만
가장 괜찮은 사랑

그대와 함께
찾아왔어요

우연으로 시작해
운명으로 변해가며

마지막이지만
비로소 처음이 되고

비로소 처음이지만
마지막이 될 사랑

내 생의 끝에
그대와 함께 찾아왔어요

입추

여름은 접어두고
가을로 들어가는 날이라는데
1년에 하루쯤
입애入愛라는 날이 있어
모든 것 접어두고
사랑으로 들어가 봤으면
뙤약볕 같은 상처일랑
그늘에 벗어두고
아침부터 밤까지
알몸으로 바람의 무릎에 누워봤으면
이윽고 늙은 저녁이
젊은 나무들의 지친 어깨를
주름 많은 손으로
어루만지는 시간이 찾아오면
나도 그대의 손을 잡고 들려주리

—사실은 말이요, 아주 먼 옛날, 사람들의 눈이 별처럼 빛나
던 날에는 입추가 아니라 입애라고 불렀다오

9월이 오면

여름 닮은 여자 하나 만나
9월 같은 남자가 되고 싶네

가을빛 손수건으로
이마에 맺힌 땀방울을 닦아주고

그녀의 가슴 속 멀고 깊은 곳
일몰도 없이 불타오르는 태양을 꺼내

이제 막 단풍이 들기 시작한
은행나무 가지 끝에 걸어놓곤

9월의 바람으로
생의 열기를 식혀주리

그녀의 눈은 달처럼 빛나겠지
9월이 오면

가을은 온다

고작 입맞춤 한 번에
껍질 모두 벗어 던져버리고
아무런 망설임 없이 알몸으로 뛰어드는

포도는 어디서 사랑을 배웠을까

9월이 파란 얼굴
골똘히 갸웃거릴 때
가을은 온다

가을 사랑

희야

우리가 사랑을 해야 한다면
단풍나무가 단풍으로 쓰는 시처럼 사랑을 하고
우리가 이별을 해야 한다면
은행나무가 낙엽으로 쓰는 시처럼 이별을 하자
그리고도 오랜 세월 후에
우리가 서로를 그리워해야 한다면
바람이 미루나무 낙엽을
길 위로 몰고 다니며 쓰는 시처럼 그리워하고
그리고도 우리가 한 번은 다시 만나야 한다면
플라타너스 낙엽이
공중에 머물며 쓰는 시처럼 멈칫멈칫 다시 만나자
그러니 희야 지금은 서러움도 없이
너와 나의 사랑으로 가을의 시를 쓰자
가을보다 깊은 너와 나의 사랑을
가을 사랑이라 쓰자

가을은 단 하나의 언어로 말하네

가을은
단 하나의
언어로 말하네

사랑하라 사랑하라 사랑하라

하늘과 바람, 낙엽과 단풍
오직 단 하나의
언어로만 속삭이니

사랑하라 사랑하라 사랑하라

여름을 지나
겨울로 가는 이여
가을이 오면
우리가 사랑을 하자

가을이 와도

사랑에 빠질 수 없다면

우리의 가을은 가을도 아닌 것

우리의 사랑은 사랑도 아닌 것

우리의 삶은 삶도 아닌 것이다

이제 곧 눈 덮인

겨울밤 찾아오려니

우리 함께 불가에 앉아

오직 단 하나의

언어로만 이야기하자

사랑하였노라 사랑하였노라 사랑하였노라

가을날의 기도

가을과 함께 찾아와

가을이 떠난 후에도 떠나지 않는 사람 있어

겨울이면 장작불처럼

운명을 걸고 함께 불타오르다

봄이면 꽃망울처럼

터질 듯 팍 팍 피어오르다

여름이면 태양처럼

시뻘겋게 애태우며 달아오르다

가을이, 또 다른 가을이 오면

단풍 고운 키 큰 나무 아래 앉아

하루쯤 사랑으로 물든 얼굴

눈 한 번 떼지 않고 바라보다가

마침내 낙엽처럼 흩어져 떠나가도 서럽지 않을

천년쯤 그리움만으로도 가슴 뜨거워질

붉은 가을 사랑 하나

가을아 가을아 보내어 다오

가을이 나를 태우네

희야 너는 아무래도
단풍잎처럼은 설레지 않는 것이냐
경아 너는 아무래도
은행잎처럼은 그립지 않은 것이냐
순아 나는 아무래도
낙엽처럼은 쓸쓸히 떨어져야 하는 것이냐

가을은 왔는데도
내 그리운 사람 오지를 않아

가을아 너는 아무래도
부싯돌처럼은 끝나지 말아야 하는 것이다
사랑아 너는 아무래도
늦가을처럼은 오지 말아야 하는 것이다

가을을 탄다 뉘 말하나
가을이 내 가슴 남김없이 모두 태워버리네

코스모스를 보고 웃네

길가에 피어 있는
코스모스에서
당신 얼굴을 발견하곤
나도 모르게 반가워
활짝 웃었습니다

우주에
가을만 있으면 좋겠습니다

코스모스

이상하다

국화보다 코스모스가
단풍보다 코스모스가
눈길과 마음 사로잡는다면
무엇보다 어여쁘다 느껴진다면

그는 코스모스 같은 여자를
사랑하고 있는 것이다
그는 코스모스 같은 여자를
사랑하고 싶은 것이다

그럴 리 없다면
코스모스 같은 여자, 그를 사랑하고 있는 것이다
한때 그가 사랑했던 여자, 이제는 코스모스로 피어 있는 것
이다

아! 아무래도 그럴 리 없다면
코스모스가 저처럼 바람에 흔들리고 있을 이유란
도대체 무엇이란 말인가

너는 첫눈을 기다리고 있을 것이다

지금쯤 너는 첫눈을
기다리고 있을 것이다

첫눈이 내리면
마치 오래도록 기다리던 사람이
운명처럼 함께 찾아오기라도 할 듯이
너는 간절하니 애태우며 기다리고 있을 것이다

어리석은 생각이다만
나도 그렇다

눈 내리는 날 들려오는 소리 있어

눈 내리는 아침이면
어디선가 들려오는 소리 있어

사랑하거라
사랑하거라

눈 내리는 밤이면
어디선가 들려오는 소리 있어

덮어주거라
덮어주거라

눈 내리는 날이면
아침부터 밤까지
내 가슴에 흩날리는 소리 있어

사랑하는 사람에게 날아가 덮어주거라
사랑하는 사람에게 날아가 덮어주거라

겨울비 내리는 날에는

겨울비 내리는 날에는
낯선 이름의 여자를 만나
낯선 이야기 나누고 싶네

내가 먼저 말해야 하리
바람은 허공에 몸을 누이지 않아요
꽃은 허공에 뿌리를 내리지 않아요
새는 허공에 둥지를 짓지 않아요
그렇지만 우리의 사랑은
허공에서부터 시작해야 해요

그녀 이렇게 말해주면 좋겠네
별은 허공에 별의 무리를 지어요
꽃은 허공에 꽃의 무리를 지어요
새는 허공에 새의 무리를 지어요
그러니 우리의 사랑도
허공에서부터 무리지어야 해요

겨울비 내리는 저녁에는
낯선 이름의 여자를 만나
낯선 허공에 사랑무리 가득
지어보고 싶네

첫사랑

만 개의
태양

십만 개의
별

백만 송이의
꽃

단 한 번의
운명

단 하룻밤의
꿈

짝사랑

한 사람을 사랑하는데
그 사람은 나를 사랑하지 않는 것이 아니다

한 사람을 사랑하는데
그 사람은 나만큼 사랑하지 않는 것이다

그렇다면 세상의 모든 사랑은 짝사랑이다
그렇다면 세상의 모든 사람은?

쉿!

외사랑

너의 심장을 얻고 싶어
떨리는 손으로 움켜쥘수록
내 손에 뜨거운 피 흐르는
양날의 칼

날 세울수록
상처 깊어지겠지만
떨어지는 칼 피하지 않으리
외사랑이 외운명이라면

엇사랑

꽃이 져야 잎이 피어나는
하얀 목련 같은 사랑

사랑을 위해 사랑을 버려야 하는
엇갈린 운명 같은 사랑

한 사람의 천국을 위해
한 사람은 지옥으로 걸어가야 하는 사랑

그대가
내게 남겨준 사랑

쪽사랑

사랑 축에도 못 끼는 사랑이지
옮겨붙지도 못한 채 꺼져버린 불씨
피어나지도 못한 채 져버린 꽃봉오리
물들지도 못한 채 떨어져버린 낙엽이지

이제 막 설레는 마음으로 펼쳐 들었는데
어떻게도 할 수 없는 이유 때문에 덮어버린 후
다시는 읽지 못한 책의 첫 페이지,
그 한 쪽 만큼의 사랑이지

그런데 말이다 사람아
사랑도 온전히 아닌 것이
사랑보다 더 슬픈 줄도 알아야 하는 모양이더라

풋사랑

태우다 만
담배꽁초 같은 여자
하나 만나
빨간 불꽃 뜨겁게 피워주고
훌쩍 그 속으로 뛰어들고 싶던 때 있었지

풋!

아직도 그렇다니까

헛사랑

가시는 꽃을 지키기 위해
존재하는 게 아니야

가시를 지키기 위해
꽃이 존재하는 거라고

그 가시 꽃을 사랑했지만
그 사랑 가시에 찔리고 말았네

그 꽃
시들고 말았네

우리의 진실한 사랑에
이런 일은 있을 수 없겠지요?

그대
나의 가시여

끝사랑

마지막 사랑이 아니라
끝을 사랑하는 것

시작보다 끝이 초라한
사랑은 사랑이 아니기에

시작보다 끝이 눈부신
사랑만이 사랑이기에

끝까지 사랑하는 것이 아니라
사랑의 끝까지 사랑하는 것

옛사랑

그러니까
그 때 그 사람
그 아름답고 찬란했던 시절
그 뜨겁고 황홀하고 가슴 터질 것 같던
그 영원히 죽어도 잊지 못할 사랑에 대해 이야기하라면

다 잊 었 소

늦사랑

　예를 들어 12월 31일 눈 내리는 밤이라 하자 어느 한적한 간
이역에서 동쪽바다로 향하는 환승열차를 기다릴 적에 문득 한
여인의 맑은 눈빛에 마음을 뺏겼다고 하자 운명이리라 떠나야
할 기차에 몸을 싣지 못하였다고 하자 자정을 알리는 종이 울
리기도 전에 그 여인 어디론가 사라져 버렸다고 하자 그 밤내
겨울 창밖 말없이 지켜보며 홀로 서 있던 사내 있다고 하자 그
렇다면 그것을 늦사랑이라 불러도 좋은 것이다 어떤 사랑은 너
무 짧기에 어떤 사랑은 이별 뒤에야 찾아오기에

불의 심장을 지닌 이여

불과
얼음이
사랑을 했네

불은 꺼지고
얼음은 녹아버렸지
사랑이야 말해 무엇할까

했는데,

재와 물이 한 몸이 되어
재가 물에 제 몸을 맡기고
물이 재를 제 몸에 싣고
함께 함께 흐르기 시작하네

사랑이란

불과 얼음의 일이 아니라

재와 물의 일이라는 것을 알았네

모든 것이 소멸된 후에도

아무것도 사라지지 않는

사랑이 있음을 알았네

불의 심장을 지닌 이여

얼음의 심장으로 나 그대를 사랑하리

IV.
내 사랑은 가끔 목 놓아 운다

안부 1

그리운 것들은
늘 입이 무겁다

그립지 않은 것들도
곧 그리워질 것이라 한다

안부 2

겨울눈은
천사의 웃음

겨울비는
천사의 눈물

하늘에도 무언가
이별이나 슬픔 따위가 벌어진 게지요?

그대여
내색도 없는 키 큰 겨울나무 우러르다
하냥 하냥 물어봅니다

아무 일 없이 어디라도
잘만 있으소

가을이면

잊은 지
벌써 오래입니다마는

혹시라도
안부 전할 일 생긴다면

그대여
가을은 다시 돌아왔다는군요

사랑했기에

오늘 심장을 찌르는
가시야
당연한 일

오래전 나
붉은 장미 한 송이
가슴에 삼켰으니

사랑아

살아가는 일이
얼음꽃 같을 때
너의 이름을 부른다

사랑아
진눈깨비 쏟아지는 길 위에서도
나는 너를 잊지 않았다

네가 보고 싶어 눈송이처럼 나는 울었다

이번 생에는
이룰 수 없는 사랑이라지만

이번 생에는
잊을 수 없는 사랑이었기에

네가 보고 싶어
빗방울처럼 나는 울었다

네가 보고 싶어
낙엽처럼 나는 울었다

어느 봄날 꽃 피는 길 위에서 마주치더라도
그간의 안부는 묻지 마라

네가 보고 싶어
눈송이처럼 나는 울었다

사랑의 늪

너에게 조금씩 빠져드는 것이 아니다

네가 나를 가벼이 벗어날 수 있다는 것을
내가 너의 늪이 될 수 없다는 것을 깨달을 때

사랑은 늪이 된다

내 사랑은 가끔 목 놓아 운다

너를 사랑하지 않는 것이
너를 사랑하는 유일한 길이었기에
내 사랑은 가끔 목 놓아 운다
내 사랑은 늘 목메어 운다

사랑아
사랑을 위해 사랑을 떠나온 사랑아

꽃조차 잎을 위해서는 져야만 하는 것
내 슬픈 목련 같은 사랑
오늘도 흰 눈물 뚝뚝 떨어진다

사랑아 다시는 꽃으로도 만나지 말자

나를 사랑하는 너는 잠들었으리
나를 사랑했던 너는 잠들었으리

지우개로 지우다 반쯤 남은 글자처럼
다시 또 하루가 지나면
투명한 눈물 속에 번지는
푸른 잉크 같은 슬픔
가로의 등을 하나씩 하나씩 모두 지워도
새벽은 끝내 오질 않고
세로로 곧추서는 표정 잃은 고독이여

사랑의 전생은 바다
사랑의 다음 생은 바람
오늘 사랑의 생은 바보였으니
밤 하나 없는 별이 어디 있으며
사망 하나 없는 사랑이 어디 있으랴

내 한숨 쉬며 고백하는 것은

너를 생각하는 밤마다

별빛 폭포수처럼 쏟아져 내렸다

지금 내 머리 위로 그러하듯이

이것은 내일의 유언

이것은 내일이 미리 쓰는 오늘의 유언

사랑아 다시는 꽃으로도 만나지 말자

사랑아 다시는 햇살로도 만나지 말자

레테의 강

잊기 위해 건너는 강
오늘도 기억하기 위해
거슬러 올라갑니다

이별을 위해 건너는 강
오늘도 사랑을 위해
거슬러 올라갑니다

그대여 모든 것을 잊더라도
한 가지만은 기억해 주세요
나는 당신을 떠날 수 없다는 것을

그대여 모든 것을 기억하더라도
한 가지만은 잊어주세요
당신이 나를 떠날 수 있다는 것을

빈 배

너를 생각하는 기슭에
빈 배 하나 있어

어느 햇볕 좋은 날이면
따스한 햇살 가득 싣고
잔잔한 물결 푸른 위를
스르르 스르르
물자취 함께 지워가며
저 수평선 너머로
아쉬움도 없이 떠나가리라

새겨 다짐하며
오늘도 빗물 가득 싣는
빈 배

열쇠와 자물쇠

이를테면 열쇠와 자물쇠 같은 거라오 그토록 한 여인을 잊지 못하는 까닭에 대해 질문을 건네자 그는 무심한 표정으로 설명을 시작하였소 열쇠가 한 번 헤어진 자물쇠를 계속 찾아가는 것은 언제든지 자신을 받아주기 때문이라거나 또는 쉽게 포기할 수 없는 강한 미련이 남아서 그러는 것은 아니라오 그것은 단지 열쇠를 떠나보낸 자물쇠의 마음이 굳게 잠겨 있는 것에 대한 염려일 뿐이오 열쇠가 바라는 것은 오직 자물쇠의 마음을 활짝 열어주고 싶은 것뿐이라오 나는 그의 말에 무언가 미심쩍은 구석이 있다고 느껴지기는 하였으나 왠지 그의 목에서 철커덕철커덕 쇳소리가 들리는 듯하여 고만 입을 꽉 다물고 말았소 어쩌면 그도 누군가가 열어주기를 바라는 자물쇠 하나 가슴 속에 품고 사는 것은 아닌지 생각해 보았소 어쩌면 나도 누군가의 마음을 잠가놓고 떠나온 열쇠는 아닌지 염려해 보았소 이를테면 말이오

사랑 후 사랑

꽃이 아니라
뿌리를

잎이 아니라
그늘을

날개가 아니라
발톱을

앞모습이 아니라
뒷모습을

더 오래
사랑하는 거다

이별이

사랑의 끝은 아니라는 것을

사랑의 끝은

오직 사랑이라는 것을

지울 수 있다면

사랑이 아니라는 것을

더 깊이

가슴에 새기는 거다

이별도 사랑입니다

그대여,

이제 곧 낙엽으로 떠나갈 것을 알면서도
단풍으로 나뭇잎을 곱게 물들여주는
가을나무를 보세요

이별이란 사랑이 끝난 후
시작되는 또 다른 노래가 아니라
사랑이라는 음악의 마지막 소절,
사랑이라는 음악의 마지막 연주입니다

그대여,

그대가 오직
사랑을 위해 사랑하였다면
이별도 사랑입니다.
이별까지가 사랑입니다
이별이야말로 가장 아름다운 사랑입니다

이별은 꽃잎과 같은 것입니다

사랑이 꽃과 같다면
이별은 꽃잎과 같은 것

꽃처럼 사랑했다면
꽃잎처럼 이별하세요

영원한 사랑이란
이별 후에도 계속되는 사랑이며

진정한 사랑이란
이별 후에도 더욱 불타오르는 사랑입니다

이별이 사랑의 마침표라고 믿는 것
그것은 실연입니다

이별이 영원한 사랑을 위한 쉼표라고 믿는 것
그것이 바로 세상에서 가장 아름다운 사랑입니다

내가 이별을 비처럼 해야 한다면

내가 이별을 비처럼 해야 한다면

사월 봄비 되어 너를 떠나리

꽃으로 피어나라 꽃으로 피어나라

잎과 줄기, 뿌리마저 모두 흠뻑 적셔준 후

가랑비거나 이슬비 되어 너를 떠나리

사랑했던 사람들의 이별이란

상처가 아니라 꽃을 남기는 것

너의 상처에 꽃 한 송이 피워내며 나는 떠나리

내가 이별을 비처럼 해야 한다면

V.
운명 같은 사랑 그리운 날엔

내가 사랑하는 여자

가을 공원에 앉아
단풍을 스카프처럼 배경으로 두른 채
해 질 무렵까지 시를 읽는 여자

그 손끝에서
시가 묻어나는 여자
그 시가 가슴에 낙엽으로 떨어져
밤새 바스락거리는 여자
그런 날 새벽이면
스스로 시가 되어 모로 눕는 여자
매일 아침
시인으로 다시 태어나는 여자

딱 한 번만 그 여자의 시가 되어
함께 바스락거리며 살아 보았으면

아침 편지

무사히 잘 도착하였소
바람이 차니 옷깃 잘 여미시고
세 끼 식사 꼬박꼬박 잘 챙겨 드시오

선한 사람들 미소 보며
고단했던 마음 달래고
아름다운 풍경 보며
맑은 눈 더 곱게 씻으시오

많이 웃고 많이 소곤거리다
혹시라도 그리운 생각 들거들랑
남쪽 바람소리 귀 기울여 보시오
해랑사 해랑사 애닯게 속삭일 터이니

이제 곧 무탈한 모습으로 다시 돌아와

그 먼 나라의 불꽃같은 이야기 들려주시오

그 먼 나라에서도 가슴속에만

꼭꼭 담아두었던 이야기 들려주시오

그대 바람이 차니 마음 잘 여미시오

그대 이른 봄처럼 돌아오기만을 기다리겠소

낮이 밤이 되어도(낮의 戀書)

그대와 내가 만 리 밖에 떨어져
서로를 사랑한다 하여도
그대 가슴 속 터질 듯한 심장의 두근거림을
가장 가깝게 들을 수 있는 사람은
오직 나뿐입니다

그대와 내가 천년을 떨어져
서로를 사랑한다 하여도
내 눈빛 속 타오르는 사랑의 불길을
가장 뜨겁게 느낄 수 있는 사람은
오직 당신뿐입니다

신이 내게 당신을 선물하였고
신이 당신에게 나를 선물하였으니
이 세상 가장 고결한 사랑을 나누는 것은
그대와 나의 축복받은 의무

태양이 다시 떠오르는 한

우리의 사랑 영원히 변함없으니

낮이 밤이 되어도

나는 당신만을 사랑합니다

저녁 편지

네 삶을 진정
뜨겁게 사랑하였느냐고

생의 마지막 저녁에
신이 묻는다면

그대여
나는 하고 싶은 말 있어요

당신을
참 뜨겁게 사랑했다고

당신만이
나의 유일한 삶이었다고

생의 마지막 저녁이 오기 전에
그대여 당신에게 하고 싶은 말 했어요

샛별같이 빛나라(밤의 戀書)

가장 밝은 곳을 바라볼 수 있는 곳은 가장 어두운 곳
네가 떠난 후 나의 가슴엔 별이 가득하다
사막의 밤이 그러하듯이

그 별빛 네게로 보내나니
사랑이란 밤하늘에 떠 있는 수만 개의 별이 아니라
한 사람의 발아래서 그의 몸을 묵묵히 받쳐주는
단 하나의 별이라 믿는 까닭이다

그리운 이여
만 리 밖에 떨어져 있어도 좋으니
어둠 속에서도 샛별같이 빛나라

봄 편지

그의 이름을 부르면
마음에 봄이 찾아오는 사람이 있어
그대여 꽃을 부르듯
너의 이름을 가만히 불러본다

사랑은 따듯하여라

여름 편지

당신 잘 있나요
그대가 누군지 몰라도
나는 그대를 사랑합니다

산 그림자 수심에 잠긴 호숫가
이름 없는 풀잎과 풀꽃처럼
우리의 만남 시작된다 해도
나는 그대를 사랑합니다

불타오르는 태양이 달궈놓은 대지를
한순간에 식혀버리는 소낙비처럼
우리의 이별 뜻밖에 찾아온다 해도
나는 그대를 사랑합니다

한여름 밤의

깨어나지 않는 긴 악몽처럼

이별 후의 슬픔 끝나지 않는다 해도

나는 그대를 사랑합니다

그러니 그대여

이제는 내 곁으로 오소서

그대가 누군지 모르는 나와

우리가 알지 못하는 신비한 사랑이

지금 당신을 기다리고 있는 이곳으로

가을 편지

9월과 11월 사이에
당신이 있네

시리도록 푸른 하늘을
천진한 웃음 지으며 종일토록 거니는
흰 구름 속에

아직은 녹색이 창창한 나뭇잎 사이
저 홀로 먼저 얼굴 붉어진
단풍잎 속에

이윽고 인적 끊긴 공원 벤치 위
맑은 눈물처럼 떨어져 내리는
마른 낙엽 속에

잘 찾아오시라 새벽 창가에 밝혀 놓은
작은 촛불의 파르르 떨리는
불꽃 그림자 속에

아침이면 어느 순간에나 문득 찾아와

터질 듯 가슴 한껏 부풀려 놓으며

사ㄹ랑 사ㄹ랑 거리는 바람의 속삭임 속에

9월과 11월 사이에

언제나 가을 같은 당신이 있네

언제나 당신 같은 가을이 있네

신이시여

이 여인의 숨결 멈출 때까지

나 10월에 살게 하소서

겨울 편지

부탁이 있다
첫눈처럼 찾아와다오
그리움으로 몇 번이고 하늘 바라볼 때
문득 내 가슴에 살포시 내려앉아다오

부탁이 있다
첫눈처럼은 오지 말아 다오
닿자마자 흔적도 없이 사라져
찾아온 듯 아닌 듯 애태우지는 말아다오

부탁이 있다
첫눈처럼도 아닌 척 찾아와다오
내 한 번도 본 적 없는 큰 눈으로
무섭게 무섭게 폭설로 쏟아져다오

부탁이 있다
첫눈처럼이 아니라도 찾아와다오
봄날에야 내리는 마지막 눈처럼이라도
한 번은 약속이었다는 듯이 내 가슴에 다녀가다오

아내 1

장미꽃보다
아름답던 그 여인

코스모스로
동백으로
목련으로
피고 지더니

이제는 내 가슴속
무궁화 꽃 되었네

아내 2

어제는 별을 따다
안겨주고 싶던 사람

오늘은 내 인생에
북극성이 되었네

그 눈 속에 빛나는
별 다 못 헤아리니

내일은 내 가슴속
은하수 되어 흐르리

당신

붉게 떠오르는
일출 바라보다
그보다 더 붉은 해
당신 눈에서 보았네

사랑이란
비가 오건
눈이 오건
한 사람의 얼굴에
붉은 해 떠오르게 만드는 것

사랑이란
아침이건
저녁이건
한 사람의 가슴에
붉은 해 떠오르게 만드는 것

당신이 꼭 내게 그리하네

부부

여보 고맙소

다음 생에 한 번만 더 만납시다

이번 생은 내가 아무래도 덕 본 것 같구려

부부는 전생의 은인

결혼은 그 은혜를 갚는 일이라잖소

연리지 부부

어린 나무 두 그루 만나
부부라는 이름으로 살아왔다

뿌리 얽히고 가지 부딪쳐
얼굴 붉힌 날 많았지만

꽃 피는 날은 함께 웃고
꽃 지는 날은 함께 눈물 흘렸다

비 오는 날은 함께 젖고
비 그친 날은 함께 별을 바라보았다

푸르던 세월 꿈처럼 지나고
무성하던 잎 떨어지니 알겠노라

그대와 나
연리지 되어 있음을

부부란 살아가는 동안
연리지 하나 만드는 일이었음을

부부를 위한 기도

부끄럽게 하소서
내가 사랑했고
나를 사랑했던 사람에게
지지 않고 이기려 애쓰는 마음을

기뻐하게 하소서
내가 사랑했고
나를 사랑했던 사람의 뜻대로
인생의 크고 작은 일들이 결정되는 것을

용서하게 하소서
용서할 수 있는 것만이 아니라
용서할 수 없는 것까지
참사랑의 힘으로 용서하기를

시랑하게 하소서

지나간 추억이 아니라

살아 있는 고백으로

죽는 날까지 가슴 뛰며 사랑하기를

기도하게 하소서

내가 사랑하고

나를 사랑하는 사람을 위해

매일 아침 맑은 눈물로 기도하기를

사랑이라는 나무

그 뿌리는 믿음
그 줄기는 인내
그 가지는 이해
그 잎은 배려
그 꽃은 용서

우리 가슴속
사랑이라는 나무
날마다 조금씩 날마다 조금씩

그래도 사랑입니다

당신은 꽃을 좋아하고
나는 낙엽을 좋아합니다

당신은 눈을 좋아하고
나는 비를 좋아합니다

당신은 바다를 좋아하고
나는 산을 좋아합니다

당신은 블루를 좋아하고
나는 레드를 좋아합니다

당신은 순수를 좋아하고
나는 열정을 좋아합니다

그래도
사랑입니다

당신은 나를 좋아하고
나는 당신을 좋아하니까

그대가 나를 사랑한다면

그대가 꽃을 사랑한다면
나는 봄을 사랑하고
그대가 눈을 사랑한다면
나는 겨울을 사랑하리

그대가 구름을 사랑한다면
나는 하늘을 사랑하고
그대가 오솔길을 사랑한다면
나는 대지를 사랑하리

그대가 별을 사랑한다면
나는 어둠을 사랑하고
그대가 어둠을 사랑한다면
나는 밤을 사랑하리

아, 그러나 그대가 나를 사랑한다면
나는 이 모든 것을 잃더라도 오직 그대만을 사랑하리

그대가 나를 사랑하려거든

나의 얼굴은 아름답지 않으나
아침저녁이면 그 개펄에도
붉은 노을이 곱게 물들고

나의 손은 곱지 않으나
그 거친 사막 한구석에도
꿀과 젖처럼 달콤한 사랑이 흐릅니다

나의 가슴은 넓지 않으나
그 좁은 방 한켠에도
천둥보다 큰 소리로 심장이 뛰고

나의 영혼은 맑지 않으나
이따금 그 진흙에도
연분홍 연꽃이 활짝 피어납니다

사랑이여, 그대가 나를 사랑하려거든
그 꽃처럼 나의 어둠과 슬픔에서 피어나소서
피어나 그대의 향기로 나의 먼 발길을 밝혀주소서

사랑법

너의 사랑은 바다를 닮았고
나의 사랑은 사막을 닮았다

너의 바다엔 고래가 유영하는데
나의 사막엔 선인장이 직립해 있다

너의 바다엔 파도가 춤추는데
나의 사막엔 모래바람이 몰아친다

너의 바다는 늘 그만한 수온을 유지하는데
나의 사막은 태양과 빙하의 온도를 넘나든다

그렇게 말하며 네가
밀물의 흔적을 지우고
썰물의 걸음으로 멀어져 갈 때도

나는 그저

낙타의 걸음을 바다로 향하며

이렇게 생각해 보는 것이다

목마름을 해결해 주는 건

소금이 아니라

물이라고

우리가 마실 수 있는 건

바다가 아니라

샘이라고

샘을 품을 수 있는 건

바다가 아니라

사막이라고

풍등

그대여

우리의 사랑을 위해

천 개의 촛불을 켜지는 말아요

오직 하나의 풍등이 되어

바람에 흔들리지 않으며

바람에 무릎 꿇지 않으며

바람마저 안고

바람의 어깨에 앉아

어두운 밤하늘을 높이 날아올라요

우리 가난한 사랑의 얇은 옷 한 겹으로도

천 개의 별보다 더 밝게

세상을 따뜻이 불 밝혀요

언약

사랑이란
천국으로 가는 계단

이따금 미끄러져
가장 밑바닥까지 떨어져도

나의 눈물은
당신의 미소보다 아름답고

나의 상처는
당신의 사랑보다 눈부시다

이것이 마지막 인사가 될지라도
이것이 마지막 정열은 아니리니

오직 그대에게 맹세하는 것은
사랑이여, 지옥불 앞에서도 뒤돌아서지 말자

장미의 이름으로

아침노을이 짙다고
흰 장미가 붉어지랴

저녁 어둠이 깊다고
붉은 장미가 검어지랴

비 오는 날에도
향기를 멈추지 않고

바람 부는 날에도
꽃망울을 터뜨리니

장미의 이름으로
맹세하리라

그대 가슴엔 흰 장미
나의 가슴엔 붉은 장미

가난한 사람들이 사랑을 할 때는

가난한 사람들이 사랑을 할 때는
가난으로 사랑하는 것이다
금이 아니라 금빛 미소로
장미가 아니라 붉은 뺨으로
털옷이 아니라 따스한 손길로
가난한 영혼을 사랑하는 것이다

가난한 사람들이 사랑을 할 때는
가난을 축복으로 사랑하는 것이다
은촛대가 아니라 빈손의 기도로
포도주가 아니라 뜨거운 눈물로
구원의 약속이 아니라 사랑의 언약으로
가난한 사랑을 지켜나가는 것이다

그리하여 가난한 사람들이 사랑을 할 때는
이 세상 가장 부족함 없는 사랑이 만들어지나니
별과 촛불, 가난한 사랑만이
영원히 꺼지지 않을 희망의 불빛이 되리라

나의 눈물로 그대의 발을

그대와 나의 사랑이

아름다운 것은

우리가 장미꽃이라서가 아니라

우리가 선인장의 가시를 지니고 있어도

온몸으로 서로를 끌어안고 있기 때문입니다

그 상처에서 흘러나오는 맑은 피가

우리 영혼의 뿌리를

어느 때고 가물지 않도록 적셔주기 때문입니다

사랑하는 이여

나의 눈물로 그대의 발을 씻기나니

그대와 나의 사랑이 아름다운 것은

우리가 빛을 받을수록

더욱 반짝이는 보석이 아니라

우리가 어둠이 짙을수록

더욱 빛나는 별이기 때문입니다

그대가 돌아오는 저녁

노을이 대지의 심장에
붉은 용암을 쏟아붓는 시간과
밤이 별의 목에
흰 진주를 걸어주는 시간 사이에
그대가 돌아오는 저녁이 있다
어둠의 새를 타고 날아와
그대는 나의 발가에 천 개의 촛불을 켠다
어디선가 장미꽃 향기가 퍼져오고
어디선가 포도주를 따르는 소리가 들려오고
어디선가 젊은 바다가 무인도에 닻을 내리면
약속이었다는 듯이 흩어졌다 밀려오는 안개처럼
그대가 돌아오는 저녁이 있다
약속이었다는 듯이 흩어졌다 밀려가는 안개처럼
그대에게 다시 돌아가는 저녁이 있다

운명 같은 사랑 그리운 날엔

운명 같은 사랑 그리운 날엔
뿌리마저 뽑아 들고 동쪽바다 성끝마을
슬도瑟島로 가자

눈기둥처럼 흰 등대
우뚝 서 있고
흐린 날이면 비가
맑은 날이면 파도가
슬픈 사랑의 노래, 365일 비파琵琶로
연주하는 곳

이따금 섬 뒤편으로 날아드는
갈매기 두 마리
우산 속에 몸 가리고 날개 부비면
등대의 심장에도 붉은 피 뜨겁게 돌아
먼바다 돌고래떼 가슴께까지 불러들이는 곳

결국에야 갈매기 떠나고 나면

또 한 사연 현무암 바위에

작은 구멍 되어 새겨지고

바람 부는 날이면

수만 개의 구멍

일제히 잔울음 터뜨리는 곳

운명 같은 사랑 그리운 날엔

슬도 바위에 앉아

흰 새 되어 기다려 보라

가을 아침처럼 다가와

꺼지지 않는 불빛 가슴속

등대에 밝혀놓는 사람 있으니

그대 다시는 돌아오지 못하리

네가 보고 싶어 눈송이처럼 나는 울었다

초판 1쇄 발행 2019년 9월 30일
초판 2쇄 발행 2021년 5월 6일

지은이 양광모
펴낸이 김선기
펴낸곳 (주)푸른길
출판등록 1996년 4월 12일 제16−1292호
주소 (08377) 서울시 구로구 디지털로 33길 48 대륭포스트타워 7차 1008호
전화 02−523−2907, 6942−9570~2
팩스 02−523−2951
이메일 purungilbook@naver.com
홈페이지 www.purungil.co.kr

ISBN 978−89−6291−833−5 03810

*이 도서의 국립중앙도서관 출관예정도서목록(CIP)은 서지정보유통지원시스템
홈페이지(http://seoji.nl.go.kr)와 국가자료공동목록시스템(http://www.nl.go.
kr/kolisnet)에서 이용하실 수 있습니다.(CIP제어번호: CIP2019035617)